Mark Sarg

Die vorlaute Leiche

Mark Sarg

Die vorlaute Leiche

Bizarre Kurzgeschichten

Goldene Rakete Verlag für Belletristik

Imprint

Cover image: www.ingimage.com

Publisher:
Goldene Rakete Verlag für Belletristik
is a trademark of
International Book Market Service Ltd., member of OmniScriptum Publishing Group
17 Meldrum Street, Beau Bassin 71504, Mauritius

Printed at: see last page
ISBN: 978-620-0-51896-5

INHALTSVERZEICHNIS

DIE KLAUSTROPHOBISCHE LEICHE

Miss Dodelina Fressnapf, die seit jeher an Klaustrophobie gelitten hatte, schickte ihren Sarg zum Teufel – den sie für seinen ***Erfinder*** hielt – und ließ sich verbrennen, worauf sie in einer ***Urne*** beigesetzt wurde.

„Wie konnte ich bloß auf die abstruse Idee verfallen, mich in einem solchen Gefäß ***weniger*** beengt zu fühlen?!“, wunderte sie sich über ihre Naivität, jagte auch dieses zum Teufel – und verflüchtigte sich in den Lüften über dem Ozean.

„Jetzt erst bin ich wirklich frei!“, frohlockte sie, „Und das aus eigener Kraft. ***Mir*** hätte schon zu ***Lebzeiten*** kein Bestatter helfen können!“

DIE REIFEPROBE

Zwecks hierarchischen Aufstiegs versuchte ein junges Gespenst Nacht für Nacht krampfhaft, einen schweren Marmortisch in der Schlossbibliothek mittels Geisteskraft anzuheben oder zu verrücken.

„Echauffieren Sie sich doch nicht – darf ***ich*** Ihnen vielleicht weiterhelfen?“, erbot sich einmal der unvermutet eintretende Graf Restitutio von Windelmeyer mitleidig.

Sein Gast erschrak so gewaltig, dass er seinen Aufstieg vorerst aufschob – und lieber hinab in den Weinkeller eilte, um noch ein wenig mit dem Hantieren von ***Flaschen*** zu experimentieren …

„IHR HOSENSCHLITZ STEHT OFFEN, FRÄULEIN“

„Ihr Hosenschlitz steht offen, Fräulein“, rief Baron Enzio Luderfink hocherfreut seinem Gegenüber auf der Straße zu. „Darf ich Ihnen behilflich sein?“

Galant griff er hinein – und stellte zu seiner angenehmsten Überraschung fest, dass es gar kein Fräulein ***war***.

Worauf er „ihr“ sogleich die Ehe antrug – unter der strikten Voraussetzung natürlich, dass der Schlitz in der Öffentlichkeit künftig geschlossen bliebe.

DIE OPERNLEICHE

Kammersänger Leonardus von Schreckbauch konnte es einfach nicht lassen. Noch im Sarge schmetterte er mit Grabesstimme von früh bis spät seine Lieblingsarien und fiel damit nicht nur den anderen Friedhofsinsassen gehörig auf die Nerven.

Als man ihn aufgrund mehrfacher Beschwerden von Besuchern, die sich in ihrer Andacht gestört fühlten, endlich fragte, warum er sich denn nicht wieder in der Oper zurückmelde, versicherte er im Brustton der Überzeugung, er könne sich kein ***besseres*** Los als sein gegenwärtiges vorstellen.

Unbehelligt von launischen und eigenwilligen Kapellmeistern dürfe er nun der ***wahren*** Kunst frönen und werde dennoch nicht gleich bei jedem falschen Ton ausgepfiffen. Zudem entfielen auch noch die ewigen Maskeraden, das ständige Lernen unsagbar dämlicher Texte und nicht zuletzt die lästige Steuererklärung sowie der Dauerstreit mit seinem Agenten. Und um Gemahlin Bartholomea bräuchte er sich obendrein nicht mehr zu kümmern.

Da man all dem schwerlich etwas entgegenzusetzen wusste, begnügte man sich damit, ihn in ein speziell abgeschirmtes „Operngrab“ zu übersiedeln – wo er nun in Ausübung seiner heiligen Kunst die übrigen Mitbewohner in ihrer heiligen Ruhe nicht mehr über Gebühr beeinträchtigte.

DIE BALLETTLEICHE

Die ehemalige Ballerina Ludovica Pfannenstiel tanzte und trippelte noch auf dem Friedhof in Spitzenschuhen und Ballettrock, stark geschminkt umher.

„Mein Gott, das arme Ding hat sich verirrt!“, riefen einige Besucher mitleidsvoll und brachten sie auf die Psychiatrie.

Dort ***dachte*** man aber – trotz „eindeutiger Diagnose“ – gar nicht daran, sie wieder zurückzuschicken, sondern behielt sie hier, um sich und die übrigen Insassen an ihren Darbietungen zu ***ergötzen***!

Sicherlich ***auch*** eine Art später Erfüllung …

DER ROMANTISCHE REGENWURM

Während einer Vesper bei Kerzenlicht verliebte sich ein überaus romantischer Regenwurm in eine Wespe und heiratete sie anschließend in derselben Kapelle, wobei der Bischof höchstselbst die Trauung vornahm.

Jedoch erwies sich die Gemahlin als weit weniger romantisch veranlagt – denn sie ***erstach*** ihren Partner noch in der Hochzeitsnacht, um an sein Vermögen zu gelangen.

Denn Romantik hin oder her – der Wurm war ***Millionär***!

DIE HIMMLISCHE TYRANNEI ODER

DIE SÜNDEN DER LEICHTGLÄUBIGKEIT

„Welch himmlische Tyrannei!“, seufzte Padre Urbino Nachtlaus, sooft er sich auf den Weg zum ungeliebten, unerquicklichen Pflichtdienst im Beichtstuhl begab.

Nur um später zu erfahren, dass seine Strapazen natürlich rein ***teuflischen*** Ursprungs gewesen waren.

Womit er freilich seine „Sünden der Leichtgläubigkeit“ ***mehr*** als reichlich abgebüßt hatte …

DER PAPST ALS MAGENGESCHWÜR

Um ***un***christliche Mitbürger ein wenig christlicher zu stimmen, ließ sich Papst Ofenloch der Gewandte von Zeit zu Zeit als Magengeschwür in sie hineinverpflanzen.

Nur zu dumm freilich, dass er hierzu auf die Hilfe Satans angewiesen war.

Denn Gott war für derart gottlose Machenschaften leider so ***gar nicht*** zu gebrauchen …

DER PAPST ALS KÜCHENLUDER

Stets zu Scherzen aufgelegt, hatte Papst Nudelini der Lustige ein ganz spezielles Hobby.

Immer nachts suchte er die vatikanische Hauptküche heim, um diverse Leckereien zu klauen und dabei – sehr zum Verdrusse des Personals – Töpfe, Pfannen, Geschirr und andere Utensilien umzustellen, zu verstecken oder überhaupt verschwinden zu lassen. Wobei er dann als Schuldigen jeweils ***Satan*** benannte.

Als ihn schließlich die mit einem Nudelwalker auf der Lauer liegende, äußerst resolute Chefköchin Schwester Miranda Quaxala entlarvte, beschwor er sie, ihn nicht zu verraten und versprach ihr als Gegenleistung die sofortige Heiligsprechung.

Gnädig willigte sie ein und nutzte ihre neue Autorität sogleich, um ihm in christlicher Verbundenheit das auf den Kopf zuzusagen, was er ja eigentlich auch war: Ein Küchenluder!

DER PAPST ALS LÜSTLING

An heißen Sommertagen suchte Papst Krautspatz der Durchtriebene sehr gerne ein nahe gelegenes Kloster auf, um dort die Nonnen kräftigst mit Weihwasser zu besprühen.

Aber nicht, um ihnen heilige Kühlung zu verschaffen, sondern nur, damit sie sich möglichst rasch der nassen Hüllen entledigten!

Was sie auch jedes Mal – mit Gekicher – ohne Scheu und Zögern vor seinen Augen taten.

Weil er ja ohnehin der ***Heilige*** Vater wäre …

DAS SARGBONBON

Von ihrem Sarg erhielt Vicomtesse Annaletta Springmaus ein „Willkommensbonbon".

Genüsslich verschlang sie es sogleich. „Ich lasse mich aber ***trotzdem*** nicht bestechen!", versicherte sie ihm.

„Geschmeckt ***hat*** es jedenfalls – vielleicht beim ***nächsten*** …"

DER SARGESEL

Von einem geheimnisvollen Unbekannten erhielt ein freischaffender Esel den Auftrag, einen Sarg einen Tag lang durch Wald und Flur zu ziehen – ohne zu wissen, ***wer*** sich darin befände.

„Bin ich denn ein ***Esel***, um solches widerspruchslos zu tun?", fragte er sich in gebührendem Ernste und kam nach reiflicher Überlegung zum Entschlusse: „Ja".

Und er verzichtete obendrein auf jegliches Honorar.

DIE EPISCHE LEICHE

Duchess Valance Rinnsal war derart aus- und weitschweifend in ihren Lebenserinnerungen, dass die meisten ihrer andächtig lauschenden Grabgenossinnen schon längst wieder ***geboren*** waren, ehe sie endlich zum Schlusse kam.

„Ich muss mich wirklich etwas sputen", besann sie sich schließlich, „sonst versäume ich noch meine eigene Neugeburt und versauere ganz ***allein*** hier unten!"

DER FROSCH UND DIE LEICHE

„Wie schaffen Sie es bloß, immer noch so toll auszusehen?“, bewunderte ein Frosch am Badestrand vor allem die ***Figur*** der früheren Lady Opusculia Rutschmaus.

„Ich halte regelmäßige, strikte Diät, mein Lieber!“, enthüllte sie ihm stolz.

„Das muss ich mir ***unbedingt*** merken!“, quakte anerkennend ihr Gesprächspartner, „Falls es mich eines Tages ***selber*** ereilen sollte!“

DAS BLUTGERICHT

Um gegen die unhaltbaren Zustände seit Verhängung des Kriegsrechts zu protestieren, sahen die Mitglieder des Obersten Gerichtshofs keinen anderen Ausweg mehr, als sich selbst zu opfern.

Sie „stürmten" eine Propagandaveranstaltung zur Mobilisierung der Massen auf dem „Platz der Tyrannei" – wobei sie von den Lanzen und Bajonetten der Militärs aufgespießt und anschließend als „überaus schmackhaftes Gericht" der hungernden Bevölkerung gnädig überlassen wurden.

Welche die Gabe zwar durchaus dankbar und mit Sympathie annahm, darüber hinaus aber keinerlei Einsicht in die ***Ziele*** der edlen Spender hegte.

Sodass deren Aktion – wie so viele andere auch – leider nur in den ***Verdauungstrakten*** der Bürger Wirkung zeigte …

DER SARGSCHWÄNZER

Weil er ihm manchmal denn doch zu karg,
schwänzte Sir Huxley des Öftern den Sarg.

Doch ***was*** in dieser Zeit bloß ***tat*** er?
Er schwänzelte um eine ***Särgin*** her!

DER PAPST ALS WAISENKNABE

Papst Süßbalg der Zärtliche war Vollwaise und wuchs somit frei von störenden elterlichen Einflüssen wohlbehütet im Schoße der Kirche auf.

Aus Dankbarkeit und Überzeugung empfahl er später das Waisentum als ideale Voraussetzung für eine erfolgreiche heilige Karriere – und legte dies allen Eltern nahe, die ihren Sprösslingen etwas ***wirklich*** Gutes tun wollten …

DER PAPST ALS WEINBERGSCHNECKE

Um die Weinberge des Herrn mit aller nur möglichen ***Gemächlichkeit*** auszukosten, brachte Papst Rebenbauch der Spritzige mehrere Monate im Jahr als Schnecke in ihnen zu.

Wenigstens war er in dieser Zeit vor ***folgenschwereren*** Torheiten gefeit …

DAS GEWÜHLE DER GEFÜHLE

Hoffnungslos übermannt vom ständigen chaotischen „Gewühle“ ihrer Gefühle, erbat sich Signora Crispina Stuhlbein heiligen Rat von Kaplan Quittino Singmaus – und erfuhr, dass diese des ***Teufels*** wären.

Dankbar eilte sie den Kirchturm hinauf und stürzte sich herab – um einem ***Exorzismus*** zu entgehen.

DAS WILDSCHWEIN ALS NONNE

Eine Nonne war so klein, dass man sie überhaupt nicht sehen konnte.

Man ***hörte*** jedoch spätestens von ihr – als Papst Balzlaus der Zügige sie aufgrund des außergewöhnlichen Phänomens ***heilig***gesprochen hatte.

Doch war der Gute einmal mehr einer Täuschung aufgesessen – denn in Wahrheit war sie ein kleines ***Wildschwein*** gewesen, das sich lediglich als Nonne ***ausgab***, wohl wissend, dass es in seiner genuinen Natur ***niemals*** einer solchen Ehrung teilhaftig würde, die ihm aber gerechterweise ebenfalls zustünde.

Durchaus verständlich, wenn man sich dieserart gegen Diskriminierung zur Wehr setzt …

DER SITTENWÄCHTER

Der – nach Meinung des Grabredners – allzu früh dahingewelkte Pfarrer von Schleimhausen, Monsignore Cataracto Windloch, nutzte den nunmehr flexiblen Zustand, um auf ***seine*** Weise über das Wohl der Christenheit zu wachen.

So tauchte er etwa nachts in Schlafzimmern auf und kniff die Ruhenden anerkennend unters Nachthemd oder den Pyjama – sofern sie ***Glück*** hatten und eines von beiden trugen.

Denn ***andern***falls waren sie weit schlimmer dran. Dann kniff er sie ***dreimal*** und erstattete umgehend Anzeige beim katholischen Sittendezernat – worauf eine öffentliche Brandmarkung in der Tagespresse folgte.

Der Kirche dient der fromme Mann übrigens bis heute als „leuchtendes Beispiel, wie einen ein starker, unbeugsamer Glaube selbst im ***Tode*** noch aktiv und aufrecht zum Nutzen der Allgemeinheit hält"!

DER BESIEGER DER SÄRGE

Von einer erlauchten Jury wurde Signor Arlettino Graupudel zum „Besieger der Särge“ ausgerufen.

Er erhob sich über sie – indem er ***ohne*** einen von ihnen auskam!

Zuvor hatte er sich freilich verbrennen lassen und seine Asche dem ***Universum*** anvertraut.

DER SARGWURM

Geprägt vom traumatischen Erlebnis, anlässlich einer barbarisch überstürzten Friedhofsauflassung aus seinem über alles geliebten Sarg „delogiert“ und in ein schlichtes ***Beinhaus*** umgesiedelt zu werden – erwählte Sir Matthew Mondbalg für sein nächstes Dasein eine Inkarnation als Wurm, der ***ausschließlich*** in einem Sarg hauste und sich dort vor Entdeckung sicher glaubte.

Doch hatte er nicht mit seiner Mitbewohnerin, der allzeit fressbereiten Lady Belinda Meerschaum gerechnet – die ihn in ihrer Gier dennoch aufspürte und als Dessert verschlang.

Daraus konnte es für ihn nur mehr ***eine*** logische Konsequenz geben: Er wurde in seiner nachfolgenden Existenz ***selber*** zum Sarg!

Ob er wohl ***damit*** endlich Erfüllung fand?

DAS SARGMÄDEL

Bis ins hohe Alter blieb Frau Isolde Leuchtstrumpf ihrem Spitznamen „Sargmädel“ treu, mit dem sie von frühester Jugend an bedacht worden war.

Dafür, dass sie sich allzu gerne in fremde Särge legte – um jeweils eine Nacht ***auf*** den rechtmäßigen Insassen zu verbringen.

Und als ihr dann später von Amts wegen ganz ***alleine*** ein Sarg verordnet wurde, tröstete sie der überzeugte Vorsatz: „Im ***nächsten*** Leben bin ich ein schneidiger Sarg***bursche***!“

DIE SARGJUNGFER

Ihr Leben lang war Miss Dolorosa Schildknecht peinlichst bestrebt gewesen, sich niemandem zu schenken – denn sie gedachte sich ganz für ihren ***Sarg*** aufzusparen, dem sie in Ungeduld entgegenharrte.

Und als dann der große Augenblick gekommen war, nahm sie selbstredend Rosenkranz und Gebetbuch mit an die Stätte der Erfüllung – blieb aber zu ihrer Überraschung auch dort noch Jungfrau.

Doch weit gefehlt, daraus nun abzuleiten, dass die Beziehung gescheitert wäre. Sie fand es sogar ***wundervoll***, dass der sensible Gemahl sie nicht bedrängte und war ihm desto liebevoller und treuer ergeben!

So mussten beide niemals fürchten, einander zu verlieren.

DAS RIGOROSE URTEIL

„Die nämliche Leiche, die schon letzthin nicht erschien, ist heute wieder unentschuldigt ferngeblieben. Nehmen Sie dies zu Protokoll!“, begann Richter Dagomir Frostspitz seine Verhandlung.

Die beklagte Madame Blandine Rostwitz freilich hatte ihrem Ermessen nach weit ***Besseres*** zu tun – weswegen sie eben auch belangt worden war: Ohne Leichenhemd über die Boulevards zu flanieren und obendrein anderen Passanten keck und anzüglich nachzugaffen!

So lautete das rigorose Urteil zunächst daher auf Einweisung in einen geschlossenen Sarg, nebst gebührender Bekleidung und psychiatrischer Betreuung – wurde allerdings in der Berufung dahingehend abgemildert, dass sie auf Bekleidung und Betreuung auch fürderhin verzichten durfte.

Es bleibt wohl eher zu vermuten, dass sich die Delinquentin selbst ***davon*** nicht sonderlich beeindrucken ließ …

DER SARGSCHÄDEL ODER

DAS GEHEIMNIS DER POLITIK

Tiefbewegt nahm Ministerpräsident Moralino Salzrüssel in einer feierlichen Zeremonie seinen Schädel wieder in Empfang, den er anlässlich einer Staatsvisite drei Jahre zuvor dem Gastland zum Ausdruck „höchsten Vertrauens und gänzlicher Verbundenheit" als ***Leihgabe*** in einem Ehrensarg der Nationalgruft zur Verfügung gestellt hatte.

Wie es ihm allerdings möglich gewesen war, sein eigenes Land völlig ***kopflos*** zu regieren – dieses Geheimnis der Politik wird wohl noch lange seiner Klärung harren …

DER PAPST ALS MANGELWARE

Pflichtschuldigst fand sich Papst Dornbraut der Grimmige nach seinem glorreichen Abgange beim Höllenfürsten ein.

Der untersuchte ihn allerdings nur kurz, um sogleich seine ***Defekte*** festzustellen.

„Mein Bestand an Ihresgleichen ist derzeit ***über***reichlich – weshalb ich Sie um Verständnis bitte, dass ich bis auf Weiteres keine Ware akzeptiere, die ***einen*** oder gar ***mehrere*** Mängel aufweist!", bedauerte er.

Und sandte den Bewerber glatt retour in die Vorhölle auf Erden, damit er noch ein wenig an sich feile …

DIE PÄPSTE ALS MANGELWARE

Als sich die unbelehrbare Katholikin Madame Lucille Schädelbrei gleich bei der Ankunft im Himmel nach ihrem Idol Papst Tollsack dem Galanten erkundigte, erfuhr sie tiefenttäuscht: „Bei uns sind Päpste Mangelware.“

Worauf sie schleunigst hinab in die Hölle übersiedelte.

DIE PÄPSTE IM AUSVERKAUF

Aufgrund der ***Übermenge*** bei ihm lagernder Päpste veranstaltet Luzifer von Zeit zu Zeit einen „Ausverkauf".

Wundert es wirklich jemanden, dass er trotzdem jedes Mal auf ihnen ***sitzenbleibt***?

DER LEICHENSPIELPLATZ

Um nach seinen vielen, oftmals strapaziösen Ausflügen möglichst bequem in den Sarg zurückzugelangen, ließ sich Marquis Grégoire Schmusefink eine Grabrutsche installieren – von der er jedoch so angetan war, dass er schon bald mit dem größten Vergnügen um ihrer selbst willen den ganzen Tag hinabrutschte und dabei sogar das lästige Wiederhochklettern in Kauf nahm.

Und binnen kurzem machte sein Beispiel auch noch Schule – und mehr als die Hälfte der Friedhofsgefährten tollten mit immensem Spaß und Gekicher auf solchen Geräten umher.

„Wie überaus kindisch man selbst ***nach*** seinen alten Tagen noch wird!", wunderte er sich stets aufs Neue – und mit ihm die Besucher, die sich ungläubig staunend auf einem „Leichenspielplatz" wähnten.

DIE VERFLUCHTE KRANKENGESCHICHTE

„Das wahrlich Verfluchte an meiner Krankengeschichte ist, dass ich sie beim besten Willen nicht ***erzählen*** kann!“, bekräftigte Amtsrat Maurizio Nebelfritz zum wiederholten Male gegenüber Psychiater Arturo Schmuseblut – worauf ihn dieser animierte, sie doch einfach ***vorzuführen***.

Folgsam und gelehrig griff er sogleich zum Brieföffner und erdolchte den Arzt damit. „Sie haben mir wirklich sehr geholfen, Herr Doktor, nun geht es mir auch schon ***bedeutend*** besser. Ich werde Sie mit Sicherheit ***weiter***empfehlen!“, versicherte er ihm zum Abschied überschwänglich.

Seinem nächsten Therapeuten, Prof. Tollbein Hasensack, berichtete der Amtsrat hingegen voller Kummer und Verzweiflung, das Verfluchte seiner Geschichte wäre, dass er sie weder zu ***erzählen*** noch ***vorzuführen*** imstande sei – und erhielt diesmal den nicht minder klugen Rat, sie ganz ungeniert und ungehemmt zu ***durchleben***.

Da nahm er in Ermangelung eines Brieföffners den schweren Bronzeleuchter, um sein Opfer – in leichter Abwandlung – zu erschlagen. „Küss die Hand, Herr Professor, auch ***Sie*** haben mir sehr geholfen, ich werde ***beten*** für Sie!“, gelobte er, ehe er verschwand.

Dem dritten Arzt nun, Dr. Fedorino Federschwanz, offenbarte er in flehendem, beschwörendem Tonfall, das Verfluchte seiner Geschichte sei, dass er sie weder ***erzählen*** noch ***vorführen*** noch ***durchleben*** könne.

Da packte ihn dieser energisch am Kragen, lieferte ihn eigenhändig in einer geschlossenen Anstalt ein – und ***strich*** ihn danach aus seiner Patientenkartei!

DAS SARGKIND ODER

DIE KONTINUIERLICHE ERFÜLLUNG

Schon als Kind zog Lord Neckford Schusterknecht es bei Weitem vor, in einem Sarge statt im Bett zu schlafen – was von den überaus liberalen Eltern Thora und Calvin widerspruchslos geduldet wurde.

Später nahm er dann sogar die Mahlzeiten darin ein – und wieder etwas später regelte er mittels Sargtelefons seine gesamten Geschäfte und brachte überdies den Großteil seiner Freizeit in ihm zu.

Und mittlerweile hält er sich ***ausschließlich*** darin auf – wenn auch (vorübergehend) nicht mehr ***ganz*** so freiwillig …

DAS PÄPSTLICHE SCHLEMMERMAUL

Nach dem Ende der Fastenzeit verschlang Papst Rosenkopf der Blühende nahezu sämtliche Hostien der vatikanischen Vorratskammer und trank anschließend mehrere Riesenkannen des besten Messweins leer.

Und machte allen Ernstes ***Luzifer*** dafür verantwortlich, dass er dann das Osterhochamt wegen Unpässlichkeit absagen musste.

DIE LÄSTIGE LEICHE

Baronesse Annette Lockenfink legte sich nachts leidenschaftlich gern in die Ehebetten harmloser Bürger – um diese obendrein dann noch zu ***kitzeln***.

Und falls man sich dieses energisch verbat, wandte sie stets mit dem unschuldigsten Augenaufschlag ein: „Wenn ***Sie*** einmal gestorben sind, werden Sie ganz gewiss ***auch*** froh sein, wenn man sich Ihrer ein wenig annimmt!"

Dagegen ließ sich natürlich nur schwer argumentieren – und so erlaubte man ihr zähneknirschend und säuerlich lächelnd, einen weiterhin zu drangsalieren.

Und lud sie oft gar noch zum ***Tee*** hinterher!

DIE VORLAUTE LEICHE

Mehrmals täglich haderte Madame Lyrette Schalkschädel mit Gott, der Welt und ihrem Schicksal, um sich zu fragen, ***weshalb*** sie eigentlich gestorben sei.

Endlich vermeinte sie, den Grund „erspürt“ zu haben: Weil sie so ***vorlaut*** gewesen war! Folglich beschloss sie, sich im nächsten Dasein nur noch ***wohlgesittet*** zu betragen.

Und lebt noch heute – wenn auch ***trotzdem*** zwischendurch immer wieder mal als Leiche …

DER SARGCLIQUE-CLOU

Die „Sargclique“ war eine exklusive Vereinigung von Intellektuellen, die sich mit Särgen versahen und bloß ***vorgaben***, verstorben zu sein – um endlich ***unbehelligt*** weiterleben und -wirken zu können.

Sobald jedoch einer von ihnen tatsächlich das Zeitliche segnete, folgte der ***wahre*** Clou – denn jetzt erst merkte er, wie frei und unbeschwert er ***wirklich*** weiterlebte!

Allerdings – wie Lord Jefferson Brombeerhouse, der namhafteste Vertreter der Gruppe, in einer fröhlichen Botschaft von drüben verlauten ließ:

„... trifft ***dieser*** Clou nicht nur auf die Sargclique zu!“

DIE ZUGÄNGLICHE LEICHE

Miss Daisy Springgack vermochte sich ihr zugängliches Wesen wahrlich bis ***zuletzt*** zu bewahren.

Immer wieder steckte sie am helllichten Tage neckisch den Kopf aus dem Grab, um vorbeieilenden Friedhofsbesuchern liebevoll die Zunge herauszustrecken.

Sie war ganz beseelt von ihrer Mission, den Sterblichen den ***Zugang*** zum Tode zu erleichtern und ihnen jeden Schrecken zu nehmen.

Als ob sich die Menschen vor ***gar nichts*** mehr fürchten sollten …

DIE UNZUGÄNGLICHE LEICHE

Zutiefst genervt vom ständigen „Gesülze und Gesäusel“ ihrer Mitwelt, namentlich von Gatte Stockbein, ließ sich Hofrätin Louise Aderlass nach ihrem Abgang in einer versteckten Gruft im hintersten Winkel eines unzugänglichen, längst aufgelassenen Bergfriedhofs einmauern – um endlich einmal in Ruhe ***allein*** sein zu können.

Doch hatte die Gute offenbar glatt jemand ausgetrickst: Mit Argusaugen entdeckte sie in einer Ecke des neuen Quartiers eine kaum wahrnehmbare Geheimkammer, an deren Tür sie sogleich energisch klopfte.

Worauf sie nun späte Bekanntschaft mit der früheren Theaterprinzipalin Ursel Piepkatz schloss – die ***ebenfalls*** nachhaltig saturiert war von der Welt als „ewigem Komödienhaus“.

Dies nötigte ihr freilich unbedingten Respekt ab – und da die andere ohnehin lange genug allein geschmollt hatte, kamen sie überein, ihre unschätzbaren Erfahrungen einander ***zugänglich*** zu machen, und wurden ein Paar.

Was nützen eben oft die „besten“ Vorsätze …

DIE SELBSTBESTATTUNG

Madame Lolotte Schmatzzopf war Begräbnisfanatikerin durch und durch. Eine ordentliche Beisetzung war für sie geradezu der ***Inbegriff*** eines erfüllten Lebens.

So begann sie bereits sehr früh, sich die eigene künftige Festivität in allen nur möglichen Facetten und Nuancen auszumalen – gleichzeitig aber auch besorgt zu fragen, ob man ihre Herzenswünsche wirklich ***befolgen*** würde.

Denn leider litt sie an einem zutiefst ausgeprägten ***Misstrauen*** allem und jedem gegenüber. Und da sie gottlob keine Erben hatte, denen sie natürlich erst recht nicht über den Weg getraut hätte, richteten sich ihre ganz besonderen Zweifel gegen den ***Staat***.

Nicht auszudenken, wenn er sich dereinst ihr Vermögen einfach unter den Nagel risse und sie in einem anonymen Armen- oder Massengrab verschwinden ließe!

Diese Vorstellung quälte sie bald so sehr, dass sie allmählich bis zur Besessenheit eskalierte – aus der sie schließlich nur ***einen*** Ausweg sah:

Sie bestattete sich schon zu Lebzeiten ***selbst*** – in allen erdenklichen Ehren und an dem von ihr gewählten Ort. – Und jetzt erst war sie sicher, von keinem ***anderen*** aufs Kreuz gelegt zu werden!

DAS GLIED IN DER KETTE

Rittmeisterin Käthe Bratwurm hatte das beste Stück von Gemahl Florimundus in Ketten gelegt und mit einem Schloss versperrt – sodass niemand außer ihr Zugang erhielte.

Als sie sich nach dem Tee daran gütlich tun wollte, musste sie enttäuscht feststellen, dass sie den Schlüssel verlegt hatte. „Geschieht ihm recht, soll er sich doch ***selbst*** damit spielen!“, ärgerte sie sich.

Sperrte auch die Gruft ab – und entschied voller Elan, wieder mal eine ***neue*** Heirat zu riskieren!

DER PAPST AUF ABRUF

In geheimen Treffen mit den jeweils mächtigsten Kardinälen erneuert Luzifer regelmäßig sein Angebot, jederzeit als ***Ersatz*** einzuspringen – sollte ein allzu dreister Papst das Weltgefüge gefährden, indem einmal durch ihn ***wirklich*** jemand frommer würde.

Nun lässt sich leider nur spekulieren, wie ***häufig*** der Vatikan davon Gebrauch macht …

Printed by Books on Demand GmbH, Norderstedt / Germany